歌集

踊り下駄

河合利子

Kawai Toshiko

六花書林

踊り下駄＊目次

装画　河合都妙
装幀　真田幸治

踊り下駄

職退きて

父母看とる選択よしとせむ職退きてけふは厨に小豆煮てをり

午前五時やうやく眠るちちの辺に賜ものの如き時間を眠る

はろばろとみどり児眠るはつなつのゆふべ緑の風にふかれて

すこやかに眠るみどり児きみの世は宇宙への旅するるんだらうか

さざなみの冬の湖畔の雑木縫ひ筬(をさ)のごとくに列車ゆき交ふ

大雨を浴びたる大地目覚めたり蓬の一団ぐんと背伸びす

まなこ閉ぢ聞けば優しきハーモニーみどり児泣く声母のあやす声

診察を待つをさな児の一人泣けば次々と泣く合唱組曲

姑には遠き

柔らかな青き山菜とりそろへ夕餉作らむ病む姑（はは）のため

ミクロの膜剝ぐごと癒ゆる姑の足心もとなく畳踏みしむ

朝なさな洗面にゆく廊二間姑には遠き歩みなるらむ

〈姑（しうとめ）〉とふこの紋所見えぬかとばかり強がるはははのいとしも

ジャガ薯の季節

車椅子押しのぼり来し坂の上柿の若木に柿の花咲く

野の風に帽子とばされ振り向ける失語症の姑のくちびる動く

言葉やや不自由となる姑なればものを言はむと眼は訴ふる

探り掘りして食ふ頃がいちばんと亡き義父(ちち)言ひしジャガ薯の季節(とき)

さぐりみる収穫近き土のなか薯に触れればはつと動悸す

紙風船吹きて遊べる子等もなく富山の薬屋くすりだけ置く

郡部にもドラッグストア出店し細りてゆかむ置薬業

夫の居ぬ夜ゆつくりと酒飲めばうまいうまいと五感喜ぶ

葡萄の紺

肩越しにいきなり呼ばれ仰天す寝たきりの姑そこに立ちゐて

失語症ある日突然治りたる姑かつてなき雄弁となる

送迎車待つ姑めぐり黒き蝶遊びませうと誘ふごと翔ぶ

掌の中に大地の水の重みしてはろばろ深し葡萄の紺は

葡萄売る媼が赤子のやうに抱く巨峰一房箱に詰めむと

秋陽差す縁で無心に布巾縫ふ脳梗塞の癒えたる姑は

十本の針に糸つけ並べおく姑の一日の縫ひもののため

夫をらず姑に呼ばれず秋一夜ワインふふみて短歌三昧

美しき眉

雨の中ひたひたとくる托鉢の若き僧侶の素足の白し

美しき眉上げてふと托鉢の僧立ちどまるコンビニの前

袈裟脱げばたちまちにして今風の若者とならむ顎ほそき僧

痴呆とは神の賜物ゆるゆると姑のこころは和らぎゆけり

四歳の記憶の深みにあるいくさ、防空演習、真夏の疎開

村議選

村議選の夫のポスターどこにてもわれを見つむる夢の中まで

心理学講座のごとき選挙戦術、握手せよ、泣け、楽な顔するな

深々と森の匂ひをただよはせ山うど夜の椀に浮きたり

ピアスをつけて

「御破算で願いまして」と言ふやうに更地になりしふるさとの家

晩婚のわれに授かりし一人子が盆に帰り来ピアスをつけて

屈託もなく洗車などする見れば子に言ふ言葉またも飲みこむ

胸の奥に針あるごとし職持ちて放任に近き子育て思へば

丁々発止とはゆかないが喧嘩する元気出でたる姑をよろこぶ

耳遠き姑に言葉を伝ふるは呪文のごとし「ごはんよ、ごはん」

怒鳴るごと言へばうなづく耳遠き姑みればふと涙こみあぐ

高空を風に乗りゆく鳥のあり紙ヒコーキのやうな軽さで

飛騨はわが父のふるさと住まざれど寂しきわれの魂寄るところ

朴(ほほ)、椽(くぬぎ)、楓(かへるで)、もみぢ散りやまず秋は金色父の産土

思秋期

わが怪我を契機に家庭科一般を習得すと言ふ夫いきいきと

六十回かぞへて米を磨ぐ夫春野のやうなご飯を炊けり

なにもかもつまらなくむなしく寂しきは思秋期なりと夫の言へり

思秋期と思春期のわれふたりゐて暮るる茜の空をみてゐる

冬採りの馬鈴薯はひかり恋ふならむ厨の灯を吸ひ日々緑増す

薬師寺

あをによし奈良のみやこの隆盛を偲ばむ薬師寺復興伽藍

あさぼらけ沈黙の昼蒼き夜大唐西域壁画の宇宙

魂の引きよせらるるごとくにて薬師寺に来つ月に三度を

仏典も絹もキャラコも行き交ひし道はるかなり大唐壁画

息子

結婚の気配もなくてわが息子電話をすれば木曽駒にをり

夜ふけて涼風（すずかぜ）たちぬ泣く吾子を抱きて涼ませしかの夜のやうに

背戸の栗前庭の柿食べごろを逃さずとらふ猿のセンサー

深追ひはそれ怪我のもと生り物は猿と折半することとせむ

礫うけ猿逃げ込みし木々の梢(うれ)さざなみのごと揺れ移りゆく

なんぴとも死期知り得ねば貯へす老いて働けぬときを恐れて

寒さ来てまるく太れる白菜のしろたへの茎鍋にて食はむ

籾燻炭（もみくんたん）、馬屋肥（まやごえ）、木酢（もくさく）与へたる大根、白菜、蕪の甘し

終のすみか

朝なさな瓢嶺（ふくべね）仰ぎ暮らす里終のすみかのわが美並村

一日に一分づつの日脚のび春は光のなかより生るる

陽が差せば四方の山より集まりて冬鳥日がな里にさへづる

せり、なづな、ごぎやう、はこべら、ほとけのざ春三月の田は花ざかり

スーパーにラップで絡められてをりオコゼは無念といふ貌をして

老境に入りゆく覚悟まだできず膝の痛みをねぢ伏せて生く

昨日より芽吹き明るむ気配して雨後の瓢嶺霞たなびく

命のちから

丹田にちから満ちくる　玲瓏と明けゆく立山連峰に向き

これがまぁ姑はぐくみし風土かと残雪の峰連なるを見つ

雪解水たぎちつつゆく神岡の谷深くして萌黄にかすむ

膝痛にうち克つ体操日に三度うしろ向きにて階段昇る

友四人先生二人に黙禱をささげ還暦同窓の宴

夏の夜を恍惚の姑とふたりゐて遠世のごとき梟を聴く

耳遠く目もおぼろなる九十の姑食を欲る命のちから

宣言重し

原爆に灼かれし悲鳴とどけよとひたに朗読す「この子たちの夏」

「忘れられた歴史は繰り返す」八月六日広島市長の宣言重し

馬路村のゆずポン酢かけわが畑のなす、うり、トマト食ひつくす夏

茸めしの釜が「むふー」と息吐けば遠き深山の落ち葉のかをり

治ること信じてをりしいもうとのアガリスク茸壜に残れり

ひとの死の悲しみさへや日常の朝餉夕餉のなかに埋もる

栗ひろひ、栃の実ひろひ、榧ひろひ、銀杏ひろひ秋深みゆく

最小単位

思ひっきりじだらくをせむ一日(いちにち)は　夫が三日の旅にし発てば

夕闇が雪の匂ひをつれて来ぬ明日は瓢嶺雪被らむか

三十二で寡婦となりたる亡き母のしきり偲ばる時雨降る夜半

町議選の応援、ポスター貼りにゆく過疎の部落へ峠を越えて

村といふ最小単位をわが愛す合併の波に消えゆかむ「村」

日本中にいくつの村が残るだらう「むかしむかし村がいっぱいあったとさ」

介護者の集ひに習ふ餺飥(はうたう)は汗が出るほどこねねばならぬ

立春ののちの七雪さらさらと塩のごとしも野山清めて

姑逝く

自覚なきゆゑにあはれに姑は生く超難聴、準失明、四肢の衰へ

風のごと姑は逝きたり笠かむり畦草などを刈れるまぼろし

六道の辻とし姑の銭を撒く現世を離る葬りの儀式

明治、大正、昭和、平成を生きし姑九十一歳あつぱれなりき

恵比寿の面さながら笑みて訪ひきたり富山の薬屋五十崎幸氏

旨さうに肥えて、 と赤子あやすひと鬼ならず富山の褒めことばなり

緑内障

里芋の下草にせむさやさやと青すすき刈る梅雨の晴れ間を

〈視神経乳頭部陥没〉村の検診にまたひつかかりしわが緑内障

われの眼に闇の訪ひくる時ありや美しき景、人見ておかむ

白菜をサンサンネットに育てつつ野菜も過保護とひそかに思ふ

洗濯機無きころの夏のここち良きみづの感触井戸水をくむ

踊りは浴衣

「そりゃあなた、踊りは浴衣」と言ふからに昔の浴衣とりだして着る

下駄の歯をカラコロ鳴らし踊るなり男声女声のお囃子にのり

町役場までの広場をあふれ出て踊りの輪うつる橋へ道路へ

子を育むやうに干し柿干しあげてその飴色を陽に透かし愛づ

百姓百品

蕗の薹晩秋の野に芽をふけり地球の異変しづかにすすむ

雪降れば思ひは帰るふるさとへ母あり祖母あり囲炉裏火ありき

年ごとに母の漬けゐし鰊鮨記憶たどりて漬けてみるなり

ネットにてやうやう探しし修復士、桐タンス工房意外に近し

雪やめば堆肥を蒔かうこの年も百姓百品つくらむがため

荘川桜

春浅き飛驒の山なみ雪被く峰の向かうが父のうぶすな

父の記憶なけれど飛驒の山深くわれにつながる血族が栖む

その幹に羊歯をそだてて老大樹荘川桜冴え冴えと咲く

姑逝きて介護の時間空きたるに茫々として七曜めぐる

目覚ましを止めてしばらくまどろむは姑亡きのちの小さき楽しみ

彼の世よりわれ呼ぶごとしはつなつの夕べかすかに青葉梟啼く

寝静まる夜には夜の音ありぬ猫あるく音家きしむ音

神田神保町

若き日の友どこからか現れむ神田神保町古本屋街

青春の熾火のごとく古書店の籠に積まれし文庫本たち

城山の草に寝ころび資本論語る友あり杳き夏の日

子宝温泉駅

つね乗らぬレールバスに乗り合へば遠く旅ゆくごとき楽しさ

一区間乗れば子宝温泉駅　駅構内の湯に入りにゆく

新年を地酒「母情」で祝ふなり母なし姑なし冬の夜長し

悲しみはエンドレスなり逆縁を嘆く叔母つれ梅園めぐる

若き日

街角を廻ればふいに若き日の君に出くはすやうな春の日

やはらかに木の芽立ちたる城山の全山こめて春の雨降る

春の雨煙るがに降る城山の木の間をゆくは若き日のわれ

今年こそ百姓百品作らむと馬屋肥(まやごえ)二百キロ畑に鋤き込む

ふむふむと釜がつぶやき香ばしく醬油こげつつ飯が炊けゆく

孫

孫といふ温かきもの吾に来て胸に抱けば涙ながるる

10ＣＣ母乳を飲みて三時間眠るみどり児マシュマロめきて

「星の宮神社」に孫の幸祈る戦に死することのなかれと

同窓の友

同窓の友と会ひたり認めたくなき〈老い〉がやあとわれに手を振る

針持てば穏しきこころ満ちてきぬ縫ひものをせむ雪降る夜は

赤ちゃんと呼ばるる時の短くてこのやはらかき頰のくれなゐ

中年に戻れず老年に入りきれず真っ赤なセーター着て街を行く

耕耘機に眠り醒まされ転び出で殿様蛙は片目あけたり

紫雲英田(げんげだ)に子供ら群れて遊びをり誰(たれ)のうへにも春の陽は照り

虫たちに指揮者ゐるらし一斉に楽章やみて元の静寂

血液が沸騰しさうな炎昼を苦きゴーヤが鎮めてくれぬ

電子辞書閉ぢて分厚き広辞苑繰ればたのしも枕にもして

宮柊二没後二十年

宮柊二没後二十年産土をたづね往復一〇〇〇キロの旅

生国を寂しき国と詠まれたる師の里にきて秋風を聴く

郡上より携へし酒「円空」を御墓にそなへお流れを酌む

ひつそりと亡き師に抛れる風情にて地元の小峯氏墓所を掃かるる

宮林(みやばやし)に落ちたる栗の一粒をわが掌にのせてくれし小峯氏

好い加減

いいかげんは好い加減なり家事、百姓すべてゆっくりするのがよろし

卯建(うだつ)を上ぐる家並美し美濃市の名守らむと合併せぬ町力(まちぢから)

逃げてゆく錠剤を追ふその先に諦めをりし花鋏見ゆ

玄関に靴並びをり川の字の中は小さきフェルトのくつ

孫たちに平和崩るる日のくるな日本国憲法九条守らむ

春風に吹かるるごとくあたたかき田中愛子氏の歌ここちよし

人生ののっぴきならぬ時を生くる友よ頑張りすぎずガンバレ

なむなむ

麦の秋雉の親子のあそびをり夕べの風に胸毛ふかれて

なむなむと果てしもあらぬ二歳児のはなし相手のわれ六十五

「すりきれてゆびがつまってきゅうくつなあかいくつぼくのだいすきなくつ」

蔓はらひ笹竹はらひ蛇を追ひ大活躍す長柄の鎌が

汗出でて空になりたる身の壺に杜のつめたき清水を満たす

春の野に孵りし雉のひな十羽波うつ黄金(きん)の稲田にあそぶ

秋風の立つ夕まぐれ犬が鳴き子が泣き峡に淡き月出づ

コスモス五十周年記念大会

島々より上る朝日を待ちをりぬ鳥羽の戸田家に同室四人

初対面の人と語らふ鳥羽の宿歌の縁（えにし）に旧知のごとく

一階に並び二階のカメラマンを見上げて写る集合写真

庭雪を集めてつくる雪だるま枯葉まみれを孫はよろこぶ

雨きざす昼を池よりはひ出でて山へ向かふか蝦蟇の子の群れ

晴れわたる田植日和の小昼どきぼたもちさげて田圃へ急ぐ

母の声

教へられ携帯メールを打ってみる頭痛と肩凝り少しおぼえて

二十キロの芋茎(ずいき)を剝きて陽に干せば一キロの軽き芋がらとなる

日向くさき芋がらを煮て食みをれば亡き母の声どこからかする

失業し砂防工事の人足となりにし小さき母の偲ばる

風邪熱の夢に聞こえ来ふるさとの軒端打つ雨そのピアニシモ

七草

政策にて間伐すすみわが里を囲む山々空透けて見ゆ

七草が自前で揃ふこの里のくらしを愛す老いづきてなほ

モモンガかリスかネズミか日々十粒程づつ減りぬ干し椎の蒿

いつせいに聞いて聞いてと喋るらし雀子の群れ話し手ばかり

サイダーの泡はのみどに涼しけれそれは消えゆくひとときのもの

くふふふと笑ひほつほつ語るがに筍茹だる春の夕暮れ

動くもの鳥影とわれ　しんかんと無声映画のごとき春昼

絆

みどり児の睫毛ひそひそ伸ぶるがに早苗伸びゆく梅雨近き日々

同窓会、退職者の会、頼母子講人は絆に寄りて生きゆく

家にありて朴の葉に盛る朴葉寿司墓参の義姉(あね)の朱夏の馳走に

「泰山木の花が咲いたよ」ウォーキングの友を呼びとめ樹下に誘ふ

若き日は誰にも輝くときありと亡き祖母言ひき大好きな祖母

いかり肩、筋肉質で鳩胸でずつしり重い柿「蜂屋柿」

二つづつ紐で結んで竿に干す振り分け荷物のやうな干し柿

あぶなげに電線をわたりくる猿の目指すはわれの干し柿らしき

立派な骨

ご立派な骨ですねえと医師の言ふ腰椎の手術終へたる夫に

二足歩行を支ふる腰椎たはやすく手術にて治す時代きたりぬ

永らへて

永らふることかなはぬと思ひたる若き日ありき腎病みし五年

永らへて今あるうつつ婆婆（ばあばあ）と手をひかれゆく春の野の道

若草のそよぐがごとき声にして幼き声は風にのりやすし

円空のみ前に坐せば「だいじょうぶ」穏しき声を聞くここちする

〈晴れ〉の日の馳走に蜂の子とりおきぬ炊く日もうすぐ蜂の子ご飯

横断歩道（ゼブラゾーン）を手を挙げわたる猿見しとまことしやかに噂ながるる

草刈機とめてかげろふ立てるなか黙禱すけふ広島原爆忌

炎昼を汗まみれとなり草を刈るふた月放置したる田の畔

終はらない仕事、明けない夜はない草ひくシジフォスさうは思はぬ

逢魔が時といはずに夜のはじめとはやさしき妖怪の出番なくせり

暑き夜を白菜の苗眠りをり半眼ほどの双葉をとぢて

河野裕子さん

河野裕子さんみまかりにけり古今伝授の里の歌会にまみえしものを

ゆつたりとまろき訛の京言葉こころにしみたり裕子さんさよなら

奥座敷、表座敷を開けはなち文金島田の花嫁を見す

玄関を出でてすがしき秋の日のなかを隣家の花嫁はゆく

近隣の人らへ友へ礼深く産土を去るとなりの美穂ちゃん

円空

山に籠り木仏(きぼとけ)彫りたる円空のふるさと美濃に今年の雪積む

顎かしげほほゑむ尼僧の木仏に逢ひたくてまた粥川に来つ

円空の裔とふ西神頭(にしごとう)安彦氏けふも笑顔もて案内し給ふ

木地師棲みし瓢ヶ岳(ふくべ)の水の旨しとてボトルに詰めて人は帰れり

その歳で受験するかと言はれたる簿記検定さすがにむづかし

孫の従姉妹たち

ドイツへと渡ればジーナとハンナとぞ志奈（しいな）と羽奈（はな）の名をつけし理由（わけ）

「筍のご飯はおこげのとこがいい」息子は五杯目の茶碗さし出す

被災地のいまだいで来ぬ死者おもひ畝立ててをり生者のわれは

改源

風邪薬「改源」は粉の薬にて四角き白き紙に包まる

包み紙三角に折り鶏のごと母も祖母も「改源」嚥(の)みき

鞍馬天狗の頭巾のかたちに包まるる薬をひらく秘密明かすごと

すずやかな昭和のかをりを持つ薬「改源」一包飲みて休まな

『あ・うん』

〈チッキ、水菓子〉古き言葉のたのしくて向田邦子の『あ・うん』を読みぬ

究極の愛の行方を知りたきに『あ・うん』のつづきは書かれず絶たる

追ひかけて追ひかけて掃く朴落葉　婆娑羅婆娑羅と落ち止まずかも

寺庭と山のあはひの分かずして落葉は生れし山へ帰さむ

税務署へ半年分の源泉税をさめて見上ぐ冬の青空

冬の雉子夫婦が渡りきるまでをエンジンとめて農道に待つ

分水嶺

日本海、太平洋へとわかれゆく分水嶺の水のつめたさ

これが世のさだめのごとも荘川と長良川へと分かるるみなかみ

雪擦れのかすか残れる高原の「春待ち人参」ぬくき灯のいろ

病み臥して聞く人の声羨しもよ外面（とも）の夏を母子のゆけり

「あたらしい憲法のはなし」まなびたるかの若草のごとき若き日

越前歩荷

二メートルの雪を搔き分け橇（かんじき）に焼鯖運びし越前歩荷（えちぜんぼっか）

歩荷にて若狭の鯖のきたる道お助け小屋もダム湖に沈む

放射能の脅威を誰もが感じつつ再稼動に揺るる過疎の町大飯(おほい)

被曝者となる覚悟などもてぬゆゑ原発反対　これ以外なし

「避難民にありしがいまや難民」とぞ双葉町民の声をこそ聞け

反戦、反核つらぬきたりし魂の清々し新藤兼人氏逝けり

星冴ゆる蒼き夜空の彼方より地球を覗くまなこもあらむ

肺生検

調べても調べても正体あらはさず夫の肺腑にひそめる病魔

肺生検「上手でした」と褒められて変な気持ちと笑ひぬ夫は

雨の夜を醒めをり夫の居ぬ日々がやがて来るかもしれぬ怖さに

宮柊二生誕百年記念短歌大会にて

「宮英子さん、元気でおられ」と声かけたし姑も富山の婦負野の生まれ

やうやくに辿りつきたる白秋の歌碑は海辺の雑木々のなか

佐渡のぞむ海面は蒼く波白し白秋うたひき「海は荒海」

わが郷に「河合」の姓の多くして呼ばれ振り向く三人ほどが

手つかずの仕事が部屋の片隅に吹き溜りをり落葉のごとも

被災地の山の除染はすすみしか舞茸ご飯つつしみて食(たう)ぶ

今年より二十五年間の課税とぞ復興税とふ抗へぬ税

境内に除染のごみの積まれゐて〈ゆく年〉の鐘鳴る普門院

北濃駅

旧越美南線終着駅北濃駅

奥美濃の北濃駅を見つけたり「サンデー毎日」のグラビア開き

たまらなく北濃恋し母恋し日照雨（そばへ）の午後を北へと駆ける

奥美濃の北濃駅にＳＬの転車台ありき手で廻しゐき

言の葉の大海原を渡りゆく辞書編む営為『舟を編む』読む

紙の辞書愛ほしきかな今日よりは読み物として向かはな辞書に

憲法を蔑する声のかまびすしラピスラズリの五月の空に

ハンカチの木

大空にもろ手を広げ白妙のハンカチ振れりハンカチの木が

ふつくらと実の詰りたる浅蜊汁麦麹味噌のかをりがふさふ

雨あとの庭石踏みて足首を捻れど転ばずまだ大丈夫

老い話しばしをやめてこの青き谷間の風に吹かれてゐよう

としどしに食べねば寂しきもののあり茗荷ぼち、へぼ、松茸ご飯

鮎掛け

鮎漁の解禁日きて長良川中流域の邨（むら）は賑はふ

「囮鮎有り〼（ます）」とある店先に人だかりせり女人もまじり

「鮎釣り」と言ふは素人、玄人は「鮎掛け」と言ふ友釣り漁を

山の猿こぬやう見張りて梅を干す土用七日の暑き日盛り

つぶれ梅、乾き具合の不揃ひが微妙にうましと夫のよろこぶ

逝きてまた逢へなくなりしひとと逢ふ麻殻を焚く烟のなかに

時代の足音

重苦しき時代の足音きこえきぬ特定秘密保護法の成る

〈秘密保護法ナドミンナデ蹴飛バソウチカラヲモトウ〉の声に同調す

戦争の世紀に踏み入る予感せりいつだつたのかはじめの一歩

飴と鞭使ひ分けられいくたびの屈辱舐めしか沖縄びとは

セピア色の記憶の森に生きてゐる島袋ちよとふ明るき少女

郡上製糸に集団就職せし友のおほかた今はゆくへ知らずも

国税の配分をもて沖縄を苛めてゐるらしやさぐれ政府は

ＴＰＰを阻止せむと東京のデモに発つ夫を見送る雨のあかとき

バス一台二十五人のデモ隊に卵三十ゆでる春の夜

筵旗にあらねど旗竿立ててゆく米まもらむと農の夫は

条なして水深五センチの田に芽吹く直播きの籾命なりけり

早咲きの牡丹の紅をぬらしけり四月の雨のつめたきひかり

美しく鍋を磨くもしあはせのひとつか背戸に春の雨降る

爆発だ！

山深く椎や椽が爆発だ！爆発だ！と叫ぶごとき初夏

馬鈴薯の花終はりたり株元をさぐれば触るる薯の感触

菩提寺はいまあぢさゐの花の季(とき)一山こめて烟るむらさき

乳色の花をかかげて来る五月朴の花咲くわが生まれ月

目つむりて青葉若葉の風を食ぶ七十三歳ああ生きてゐる

転車台八十年の錆まとひふるさとの駅にいまも残れり

いくたびもあんた誰ぞと問ふ叔母の手をとり唄ふ「夕焼け小焼け」

ふるさとに縁者を訪へば兎だのへびだのと言ひ歳を数ふも

巳年生まれなれども長いものはいや縄の切れ端ふむ夕まぐれ

父のうぶすな

流れほそき谷川に沿ひさかのぼる山また山の父のうぶすな

日影橋、日面橋とふ橋わたる日の光恋ふ山かげのむら

山なかの千光寺より見はるかす乗鞍岳よむらさきを帯ぶ

参詣の人ほつほつと登りくる山のむかうに山のつづける

青痣に下呂膏貼れば油紙しるく匂へり秋の一夜を

米の値

米の値の年々さがるを危ぶみて飼料米へ替ふ三割の田を

葉の繁り籾の充実盛りなる稲青刈りすサイレージのため

未熟米刈りて刻みて玉にしてビニール巻き締め今様サイロ

サイレージされし飼料米飛驒牛の肥育のために買ひ取らるると

新酒

隣まち美濃市のふるき酒蔵に新酒いただく年のはじめを

凍てはつる蔵に新酒をいただきぬ五臓六腑に霧虹のたつ

薄暗き帳場に穏しき主人あり江戸よりぬけこし人かとまがふ

朝戸出にパキッと寒の空気割り新聞とりに農道をゆく

「ん」と止まり、「ん」とまた止まる。言ふ事をきかぬパソコンあな御しがたし

春風にのりて流れ来詐欺電話に注意せよとの広報無線

置き薬屋

これをもて置き薬屋をやめるとぞ富山より来し姑の里人

五十年遣ひ馴染みし置き薬姑亡きのちも座右にありしを

「気をつけて行かれ」と富山の言葉もて別れなしたり置き薬屋と

富山といふ縁にひそか親しみし英子先生身罷りたまひぬ

影絵の本うつくしければ贈らむよ孫らへ『銀河鉄道の夜』

宝暦義民

つややかな山の栗ひとつおかれあり里人傳(いつ)く義民の墓に

那留ヶ野のすすきが原をわたる風たまゆら一揆の雄叫び聞こゆ

宝暦の代に五年かけ闘ひき郡上一揆の末裔われら

江戸の代の検見とり思はすマイナンバーがんじがらめぞ平成びとも

どこかまだ少し遠くのこととして老いを肴のミニ同窓会

問はるる平和

平和といふ帽子をかむり戦争の匂ひをはなつ法案が成る

「あなたはどうか」と問ふ永田和宏氏　ひとりひとりに問はるる平和

なに言はず戦にながされゆきし父母その轍を踏まぬと墓地に草ひく

フィリピンで戦死せし叔父、満州より帰りこぬ叔父遺影褪せたり

「百万遍の塔」の裏書、「満州事変勝利」としるし今にのこれる

川よりの風黄金なす田をわたり戦争法反対の旗はためかす

戦争法廃止のデモに参加せむ毎週日曜午後二時開始

十五の春

母子家庭なりしゆゑ母をたすけむと就職したり十五の春に

学びたき心はあつくうづきたり定時制高校に入りしよろこび

銭湯の仕舞湯に入る午後十時湯桶を洗ふ友を手伝ひ

風がはこぶ踊り太鼓の音聞けばをどらむと血がさやさや騒ぐ

期末テスト終へたるわれら夜学生天王まつりを踊り狂へり

未知なるを学ぶは楽し七十を過ぎても多分八十過ぎても

大切にしまひ置きたる子の作文捨てがたくまた元にもどしぬ

三陸の新巻鮭がとどきたり噛みつくやうな口をひらきて

江戸の世のごとき秘境にわけいりて選挙ポスターを貼る最後の一枚

メールにて添付されこし女の孫の『ごんぎつね』読む声さやさやと

八掛けの人生

立つよりも座るが楽で座るより寝るが楽なり今日はだめな日

八掛けの人生ならば六十歳なんとかなるかもう少しだけ

高齢者運転講習を待てる間を山よりの風藤の香れり

大木となる前に刈らむ山独活の新葉生きいきと繁るはつなつ

「まねる」のは「まなぶ」のはじめと初心者に教へくれたり柏崎驍二氏

明日は雨あさっても雨きしきしと軋む夫の足は予報士

長良川鉄道

奥美濃にほそき動脈「長良川鉄道」ありて一輛がゆく

過疎の地のいのちの鉄道日曜に半日止めて皆で草刈る

観光列車〈ながら〉に乗りてゆく故郷過去へ過去へと分け入るごとし

終点が始点にかはる北濃駅にいまにのこれる錆びし転車台

夫のハモニカ

肥後の守に鉛筆けづる音のして夫はひつそり仕事してをり

おそ秋を朧月夜となりにけり夫のハモニカうるみて聞こゆ

ＮＨＫ名古屋の予報士寺尾さん、てんてらさんと言ひてしたしむ

奥山のなめこはすまし汁がよい腐葉土の香をのがさぬやうに

なめこ汁くりやに深山のかをりたち大白川の風を聴きをり

蕪きざみ白菜きざみこの冬の「これにてしまい」の切漬けを漬く

五年後もわれに運転させたまへ神に賽銭あげる新年

復興税

復興税計算するたび思ふかな福島原発の廃炉のゆくへ

九十二歳のマラソンランナー病歴は「恋の病だけ」とほほ笑む

「郡上鮎遊漁証取扱い所」の増えて青葉繁れる夏は来にけり

ベビーカーを押すうら若きひと晶(すず)し青葉若葉の陽の斑みち

さりげなく「ら抜き」言葉に「ら」をつけて流すテロップＮＨＫなり

馬越峠(まごえたうげ) こえてお嫁に来しといふ嫗健在われの住む里

そのかみの徒歩(かち)と馬との峠みち馬頭観音夏草のなか

緑内障すこしすすみし気配する振り返るそら青深けれど

アクセルを踏み込み急坂のぼるとき地球の重力たしかに感ず

大河の一滴

力なきわれも大河の一滴となれるヒバクシャ国際署名に

鮎漁は竿で掛けるが醍醐味と鮎掛鉤(あゆかけばり)を見せてくれたり

鮎掛けの好きな男ら少年のやうな顔して川をみてをり

長良川鮎つり人の目の前をラフティングのボート三つ四つが過ぐ

山々に辛夷の咲けば畑仕事はじめよと呼ぶちちの声する

まぼろしの越美北線予定地にありし家跡夏草のなか

もろこしの皮剝きゆけばふるさとの山辺の秋の風の香ぞする

かみなりさん

山の端ゆ竜神にはかに現れて間なく雷神どしやぶりを呼ぶ

かみなりさんが来たとおそれしとほき日の夏思ひ出づ日々くる雷に

つぎつぎに枝打ちさるる杉大樹幹みづみづと冬の陽を浴ぶ

中学の職業の時間に植ゑたれば杉の苗木は六十年経つ

池戸愛子さん

昨日まで〈酸素〉を吸ひてゐしひとが今日は歌作に向かひたしとぞ

きれぎれの言葉をつなぎ歌いくつ生みゆくひとの枕辺に座す

小鳥ほどの飯を食み今日をしのげると言ひて笑みたるひとの晶しも

「釈愛歌」戒名をそつと見せくれし愛子さん炎暑の午後の病舎に

この峠越えていくたび帰らむと思はれしか歌の師池戸愛子さん

悪がき

空家ふえ過疎となりゆくふるさとに同年の友がんばりて暮らす

悪がきと言はれしM君、六軒の老い人の家の雪かきをする

めいつぱい働けること疑はず日毎夜毎を励み来しわれ

退職の記念に賜ひし筆入れの革の香かすかに匂ふ朧夜

歳月は坂をころがり落つるがに二十余年をひとつ飛びする

農休み

空豆の餡をつつめる茗荷ぼちその浅みどり初夏の御馳走（ごっつおう）

家族みな手足を延べて茗荷ぼち食べる穏しさ農休（のやす）みの日は

専業も兼業も農家数へりて農休みといふ楽しみ廃る

家中の切れぬ刃物を砥ぎくるるカリフォルニアより帰省の息子

夫病む

大雨の後のひと月旱して水責め火責め平成の果て

三十一日ぶりの雨なり台風の余波と言へども大地潤ふ

疑ひは確定となるほの白くＰＥＴ画像に浮く夫の癌

「十万分の一の死、麻酔の醒めぬ例」手術の不測を諾ひ署名す

切り取りし肺を膿盆(のうぼん)に説明す医師の自信は吾を安堵さす

美しい村サミット

七十八となれる夫の育ちたる家解体す　思ひきらねば

さくらんぼ、満天星、椿、賜物の酢橘(すだち)もこぎて古家こはす

「美しい村サミット」の第一回開催地なりきわが美並村

徳島県美郷村(みさとそん)より賜ひたる酢橘の苗木は大樹となりしが

さやうならまたいつかねと手を振りて別れ逢ひ得ぬ人のふえゆく

雪くれば改源カイロ冬帽子チクワ、コンニャク買出しにゆく

大根のつま

鮪より鯛より旨しさりさりと歯にしみわたる大根のつま

癌を病む友に届けむひとたびも消毒せざる葉付き大根

北窓にのぞむ郡上八幡城冬の夜空に白じろと浮く

認知機能検査で時計を書けといふ　幼き日には読めと言はれき

過疎の地に生きるよすがの車駆り正月用品買出しにゆく

寄り合ひて底冷えの野の風に揺る越前水仙向き向きの花

辺野古の海

赤土を海に投入するを見つ　米のしりへにぬかづく日本

もろともに辺野古の海に投げ棄てぬ赤土、真摯、丁寧な説明

「無力感に追いつかれるな」と励ましぬ琉球新報編集局長

二十余年たちて褪せたる外壁の塗装きめたり金のかかれど

おそらくは人生最後の大改修子はこの家に住みてくるるか

足場組む女職人かるがると重きパイプを宙に投げ上ぐ

立山連峰

冬用のタイヤに再び履き替へて夫の従兄弟の葬儀にむかふ

二〇〇キロ高速道路を馳せのぼり天ひろらかな富山市につく

残雪の立山連峰白々と平野を抱く神のふところ

「とおいとこよくこられたが」ひらがなのやうにやさしき富山の言葉

兄

弥生尽兄に呼ばれて行きたれば淡々と告ぐ肝がん末期を

沈黙の臓器といはるる肝臓にひろごる癌は十七センチと

兄五歳、わが一歳の歳の瀬に父逝きてより母子家庭なりき

「孫たちの成長見たし一日でも長く生きたし」せつなき願ひ

声少し低くなりたる少年は祖母われにいたく優しくなりぬ

時差十六時間隔てて住まふ子の家族隣の町へ行くごとく発つ

正ヶ洞棚田

日本の棚田百選「正ヶ洞棚田（しやうがほらたなだ）」に金の秋立ちにけり

茅葺きの山の庵にかやの実を煎りてくれたる祖母を忘れず

榑（くれ）ぶきの下屋は子供が受け持ちて雪おろししき杳きふるさと

北斎の描ける阿弥陀が滝の景二百年後のいまも変はらぬ

常逢はぬ兄にありしがふたたびを逢へぬ身となる卯月のみそか

ぬばたまの夢にひそひそ雨の降る杉皮葺きの杳きふるさと

始まりと終はりくっきり紅葉の山から山へ架かる大虹

交換室

三階の交換室に市外通話繋ぎてゐたり五十年前

縦軸と横軸走る機械音クロスバ交換機の占めゐし二階

百五十人の社員の賑はひありしビルいま寒々と石の底冷え

七十代四人の女連れ立ちて源右衛門（げんねもん）方のお斎（とき）に向かふ

給仕する若き男衆（をとこし）汁椀を軽々運ぶ歩のたしかさよ

コロナ疲れ

ひつたりと赤子は胸に抱かれて眠りぬ母子は三密の外（ほか）

ボディブローのやうに効きくるコロナ疲れ　猿追ひたてる力のわかず

籠り居のテレビで覚えたる体操つづけられさうくねくね体操

自堕落の心地よさ知る自堕落は時間がなければできぬ贅沢

アベノマスク待つにはあらね土砂降りのなか駈けてきぬ配達員は

でなければならない事のひとつにて平和の九条なければならぬ

踊り下駄

一揆より二百七十年夏ごとに踊り継ぎ来し郡上踊りを

ひと夏に三十二夜の踊り日は全て中止となるコロナ禍に

オンラインライブ配信すると言ふ徹夜踊りの盆の四日を

まぼろしの下駄打ち揃ふ音きこゆ白々明ける「角甚（かどじん）」の前

郡上踊り中止となりて踊り下駄二〇〇〇足あまりが倉庫にねむる

下駄の材、ネズコ、ドロノキ、沢胡桃、わけても美しき檜の木目

兄の気配

オンザロックの氷がカクッと動きたり去年に逝きたる兄の気配す

安保法制だけにはあらぬ金子兜太の「アベ政治をゆるさない」とは

ひと月を放りおきたる菜園に一メートル余の雑草を刈る

「なまかは者の節句働き」するわれを蜻蛉バッタが草陰に見つ

咲き揃ふぼうたんの花摘みすてて木を守るといふコロナ禍の寺

テレビ電話の中のリビング、一年半帰国せぬ孫乙女めきたり

ぢぢばばは日本の昼餉、アメリカの孫子は夕餉時差十六時間

酢に和へてシャキシャキ食ぶとふもつて菊もつての外の贅にてあらむ

木島泉さん

逢ひたしと言伝てあれどコロナ禍に逢ひ得ず終の別れとなりぬ

古今伝授の里に幾たび遊びしか牡丹の花のやうなる人と

結社を越え歌の縁に睦みたる木島泉さん雪のあさ逝く

春浅き枯野をはしるレールバス一輛に二人の影見ゆるのみ

二年目となるコロナ禍の春めぐり無人の駅に桜吹雪す

ドローンが頑張る

正社員二人の大原営農にドローンが頑張る麦の消毒

トラクターに「花嫁募集」の貼り紙をしてやりたしよ農継ぐ男に

七十九歳越えて経理を担当す脳は?を繰り返しつつ

九十歳を迎へる税理士春の風まとひあらはる営農事務所へ

四百四病

「四百四病（しひやくしびやう）」の内なるコロナウイルスに右往左往すホモサピエンス

少年と少女が乙女と青年になりたる二年の歳月はるか

初夏の風わたる林を移りつつオオルリ鳴けりあな晴れ晴れと

同年の友は余禄の日々と言ふわが辞書になき余禄羨（とも）しも

わが里の高齢者みなうち揃ひ花見のごときワクチン接種

尾灯消ゆ

カーブして「北濃行」の尾灯消ゆわが故郷へとつづく線路に

大根の種いつせいに芽吹きたりむくむくむくと大地をもたげ

芽吹きたる大根の種担ぎゆく蟻には豊かな収穫ならむ

近、遠近、ハズキルーペを取り揃へ歌作にはげむ秋の夜長を

階段は筋力増強マシンとぞ踏みしめ踏みしめ階段のぼる

墓仕舞

いくそたび通ひし道かちちははの墓仕舞せむと丹生川（にふかは）に来つ

飛騨の酒「久寿玉」を賜ぶ冷にても燗にても良し秋の夜寒を

歳々に遠くなりゆくふるさとの山河草木みな風のなか

父の歳はるか超えたり夭折の父のかんばせ知らず生きこし

昭和の校舎

分教場、保育園、のちコミュニティー　媼ら集ふ昭和の校舎に

座り卓球六人づつの十二人台を囲みて構へる媼ら

つい腰をあげて失点六十が九十に負ける座り卓球

媼らの座り卓球、審判の「6対5ぐらい」も笑って済ます

手話もどき

耳とほくなりたる夫と創作の手話もどきにて暮らすこのごろ

携帯用酸素ボンベを侍らせてコーヒー飲みに出掛ける夫

過疎の地の必需品なる免許証返せといふ声あるが返さぬ

膝小僧ひりひり冷ゆる寒の夜は郡上の旨酒ぬくめて飲まむ

夕されば孤高のひとの貌をして椿の枝にとまるヒヨドリ

断捨離がはやり病のやうに過ぎこのごろ言はなくなりし友どち

「猪ヶ瀬（ししがせ）」にイノシシ出でて今の世も土手突き崩す猪害あまた

一揆為し守りてきたる命の田今つぎつぎと放棄地になる

九条がある

戦争も平和も地つづき空つづき一つの星のホモサピエンス

宇宙より望めば青き水の星核の残渣にまみるるなかれ

加害者にも被害者にもならぬ道がある日本国憲法九条がある

原水爆禁止国民平和大行進郡上を通る六・一二

鍛冶屋町、殿町よぎり柳町「核廃絶」の旗掲げゆく

広島の原爆受けし青桐の二世がそよぐ市役所の庭に

はたはたと風になびきぬ市役所の垂れ幕「非核平和宣言のまち」

何となく浮きたつ気配郡上踊りの開催きまる街中ゆけば

二千足倉庫に眠れる踊り下駄店に並びて華やぎにけり

「侵略をやめよ」と横断幕かかげ街頭に立つ白髪(しらかみ)われら

あとがき

本書は私のはじめての歌集です。一九九六年から二〇二三年までの歌をまとめました。五十四歳から現在までの作品です。

歌集出版は私の永年の夢でしたが、そのノウハウが判らず思い悩んでおりました。

昨年秋、古今伝授の里短歌大会の実行委員として大会のお手伝いをしていたところ、コスモス短歌会の鈴木竹志先生に「そろそろ歌集を出しませんか」とお声をかけて頂きました。「実は私もそう思っているのですが何も判らなくて」と申し上げたところ、その手順について丁寧なご説明を頂きました。

選歌は憧れの小島ゆかり先生にお願いする事が出来、望外の喜びです。拙い歌の中から四八九首を選んで頂き、丁寧なご助言を頂きました。歌の中から歌集名「踊り下駄」を選んで頂き、帯文の執筆から帯裏の歌の抽出まで快くお引き受け頂きましたことを心から感謝いたします。

私は一九四一年五月名古屋市で生まれました。その年の暮れに父は五歳の兄と赤ん坊の私を残し交通事故で亡くなりました。十二月八日には太平洋戦争が始まっていました。

一九四三年、空襲が激しくなり、母子家庭は疎開を勧められて岐阜へ転居し、更に一九四五年七月には母の郷里の岐阜県郡上郡北濃村へと疎開をしたのでした。

一九五七年中学校卒業。

同窓生七十二人のうち全日制高校へ進学したのは数人でした。中卒者は「金の卵」と言われていた時代です。中でもバレーボールの選手などは紡績会社から好条件の募集があったようです。

そうした中、私は担任の先生のご尽力により、日本電信電話公社郡上八幡電報電話局の受験が可能となったのでした。

入社してからは、働きながら夜間定時制高校に通い、町の図書館で沢山の本に出会い、地域の合唱団にも所属して夢のような日々でありましたが、二十代に入った頃、私の体は変調をきたし病気がちになりました。

私が歌の師池戸愛子さんに出会ったのは、旧郡上郡和良村の国保和良病院に腎炎で入院していた一九六五年頃のことです。

池戸さんと病院内の七夕まつりなどで親しくなり、短歌を勧められ、コスモス短歌会への入会を勧められました。

歌は初心者の私にとってなかなか難しく、退院して自宅療養となり、復職、その後の結婚という中で続ける事が出来ず、遠のいてしまったのでした。

五十三歳になった一九九四年、姑が脳梗塞を患い軽い認知症も出てきました。私は勤務地が岐阜となって七ヶ月、往復二時間の車での通勤と姑の介護を両立させるのが難しくなって退職することを決断したのでした。

歌を離れて二十数年の間、池戸さんは毎年年賀状に「また歌を始めませんか」と書いて下さいました。

退職ののち、美並には大勢の「コスモス」の会員がみえることを知り、責任者の河合佐地子さんからもお誘いを受けて一九九五年七月から郡上美並勉強会の一員に加えて頂いたのでした。

五十四歳になって初歩の初歩からの出発でした。拙い歌ながら、今こうして歌集を出せるようになったことを、永年ご指導頂いた今は亡き池戸愛子様に、「コスモス」の先生方、諸先輩方、岐阜支部の皆様、勉強会の皆様や友人に感謝申し上げます。

出版にあたりまして、本書をコスモス叢書に加えて下さった高野公彦先生に御礼を申し上げます。

親身に相談に乗って頂き、あたたかいご助言を頂いた鈴木竹志先生、様々なご配慮、ご助言を頂いた六花書林の宇田川寛之様に心より感謝申し上げます。

最後に歌集のカバーに水彩画の作品を提供してくれた息子の妻に、応援してくれた夫にも感謝したいと思います。

河合利子

二〇二三年九月

著者略歴

河合利子（かわいとしこ）

1941年　名古屋市で生まれる
1945年　岐阜県郡上郡（後に郡上市）へ転居
1957年　日本電信電話公社入社（1985年NTTに）
1994年　NTTを退社
1995年　コスモス短歌会入会

現住所
〒501-4107　岐阜県郡上市美並町大原535－4

踊り下駄

コスモス叢書第1227篇

2023年10月29日 初版発行

著 者――河 合 利 子

発行者――宇田川寛之

発行所――六花書林
〒170-0005
東京都豊島区南大塚3-24-10 マリノホームズ1A
電 話 03-5949-6307
FAX 03-6912-7595

発売――開発社
〒103-0023
東京都中央区日本橋本町1-4-9 フォーラム日本橋8階
電 話 03-5205-0211
FAX 03-5205-2516

印刷――相良整版印刷

製本――仲佐製本

定価はカバーに表示してあります
ISBN978-4-910181-56-1 C0092